CLAUDE DE COURLANS

Heures Grises

II

PARIS

JOUVE & Cⁱᵉ, ÉDITEURS

15, RUE RACINE, 15

1925

Heures Grises

CLAUDE DE COURLANS

Heures Grises

II

Quelques soupirs... —
Puis une rose.
Des souvenirs....
Et j'ai chanté
Bien peu de chose...
En vérité !

PARIS

JOUVE & Cⁱᵉ, ÉDITEURS

15, RUE RACINE, 15

1925

Heures Grises

PRÉLUDE

Jeunesse ardente et vive, amour, printemps, bonheur,
Qui parfumez la vie, avec vos fraîches fleurs
Notre main qui se tend vous saisit en tremblant...
On laisse un beau matin se lever le souci...
Et puis on se réveille avec les cheveux blancs...
　　　Et tout est bien ainsi...

NUAGE

Tout à l'heure, entre nous, un nuage a passé...
Notre amour, par son ombre, un instant menacé
Nous a donné l'effroi d'une chose incertaine...
Notre chère tendresse a paru très lointaine...
Devenus ennemis, tout en nous adorant,
Nous prenions un visage hostile, indifférent...
Peut-être pour un mot que l'on n'a pas su dire,
Le regard se détourne et la main se retire...
Ne jouons plus, ami, ce jeu cruel et vain :
Regarde dans mes yeux et donnons-nous la main.
Sur nos chemins fleuris ne semons pas l'ivraie :
Nous aurons pour souffrir tant de raisons plus vraies !
Allons, vite un sourire et tout est effacé :
Le ciel s'est éclairci... le nuage a passé !

Une heure rose passe
Qui suspend en l'espace
L'écho d'un souvenir
Ou le vol d'un soupir...
Et mon âme la chante
Fugitive et charmante.

Une heure blanche passe
Qui sème dans l'espace

Les bonheurs, les amours
Dans la fuite des jours...
Mon cœur qui la recueille
Très lentement l'effeuille...

Une heure noire passe,
Très lourde dans l'espace...
Au fardeau des douleurs
S'ajoutent d'autres pleurs...
Et dans le glas qui tinte
Mon cœur chante sa plainte...

Une heure grise passe
Se prolonge en l'espace
Sur l'aile d'un chagrin...
Et dans le clair matin
Au seuil de ma demeure
Laisse une ombre qui pleure...

SUR DES ROSES

Pourquoi vous penchez-vous hors du vase argenté,
Roses que je cueillis en ce matin d'été?
Pourquoi laisser tomber vos têtes alourdies,
De la chaleur du jour encor tout attiédies?
Je croyais, vous cueillant, prendre un peu de soleil
Et mettre sur ma table un coin d'été vermeil...

Mais sur le papier blanc où mes vers vont éclore,
Vous penchez vos cœurs lourds et vous pleurez encore

Les larmes de la nuit ! Avez-vous un secret
Que vous me confier ez si je vous écoutais?
Voulez-vous me parler, que voulez-vous me dire ?
Que, seul au fond du bois le rossignol soupire?

Que le printemps se meurt et que voilà l'été?
Que sur les jeunes fronts tout un an s'est compté
Depuis qu'un jour pareil, sous le feuillage sombre
Le soleil sur le mur prolongeait la même ombre ?
Ou bien me direz-vous les mots mystérieux
Dont le vent chaud berçait vos calices soyeux?

Que vous savez où vont tous les rayons de lune?
Où va le grand phalène aveugle, dont chacune
Vous recueillez au vol un baiser dans la nuit?
Que vous savez comment est fait le ver qui luit ?
Qu'il est dur de mourir, quand on est une rose
Entre les quatre murs d'une prison bien close ?

Ou voulez-vous me dire, encor tout simplement,
(Mon cœur à le penser, s'accuse et se repent)
Par ce tiède matin dont la douceur enivre,
Que sur votre rosier il aurait fait bon vivre !

A MA FILLE

On t'appelle, entends-tu? Va jouer, ma chérie,
Lorsque tu reviendras, oui, je serai guérie.
Il fait si beau dehors : le jardin attiédi,
Au bon soleil d'été te semble un paradis !

Tu t'assieds près de moi, tu m'embrasses, câline,
Ta menotte légère, a sur la mousseline
Des rideaux à grands plis, chassé le bruit léger
De la mouche importune, et tu viens de changer

L'oreiller dur et chaud à ma tête dolente.
Glissant ton museau frais près de ma joue ardente,
Tu murmures tout bas : « Dis, maman, tu vas mieux?
Dis-moi si tu veux bien que je te quitte un peu? »
(C'est bon de t'avoir là, tendre et si maternelle,
C'est moi qui près de toi suis dans l'ombre d'une aile)
Mais je sais que dehors il fait beau ce matin,
Je sais qu'au grand soleil le paisible jardin
Est un lieu de délice, et que dans la prairie
On se grise à courir sans but lorsque l'on crie !...

Va, lorsque tu viendras te reposer ici,
Retrouvant près de moi ta peine et ton souci,
Glissant sur le tapis et l'effleurant à peine
Sur la pointe des pieds ; retenant ton haleine
Pour calmer ton ardeur en t'approchant de moi,
Apportant la gaieté et la vie avec toi,
Je verrai tant de joie et de fraiche jeunesse,
Tant de bonheur de vivre et de saine allégresse
Tant de printemps rieur, de lumineux désir
Passer dans tes yeux clairs, où se lit ton plaisir,
Pour apaiser ma tête et pour calmer ma fièvre,
Je boirai le repos au souffle de ta lèvre,
Et lorsque tes baisers, légers, se poseront
Comme de frais oiseaux, sur ma joue et mon front,
Rien qu'en te regardant, va, je serai guérie
Lorsque tu reviendras : va jouer, ma chérie !...

L'ESPOIR

Comme je vous connais, Espoir couleur du temps,
Vous que j'ai vu toujours, fugace ou persistant,
Glisser à mes côtés, ô colombe de l'arche !
O vous que j'eus vers moi pour éclairer la marche
De mes pas, dans la voie où je vais sans retour
Dans l'ombre de la nuit ou la clarté du jour !

Vous qui nous promettez dans les courtes journées,
Plus que la vie apporte au cours de ses années,

Comme je vous connais ! Et depuis si longtemps !
Vous qui vous en alliez par les soirs de printemps
(Ces soirs où dans l'air pur il semble qu'on se grise
D'une poussière d'or que le soleil irise).

Par les chemins fleuris, les halliers, les buissons
Glaner tous les parfums, les rythmes, les chansons,
Tout le long de la haie où tremble un fil de soie,
Sur le nid suspendu à la branche qui ploie
Pour en venir troubler l'aube de mes vingt ans,
Espoir au goût de miel des baisers qu'on attend '...

Vous qui selon les jours ou les heures diverses
Changez votre visage et vos faces inverses !
Que de fois j'ai serré sur mon cœur palpitant,
Vous voyant devant moi tout à coup si tentant,
Mes mains qui me semblaient vous tenir et vous prendre
Comme un oiseau captif que l'on vient de surprendre !

Vous qui m'avez bâti des palais merveilleux
Ouvrant au sombre hier des lendemains joyeux,
Vous qui de rien souvent faites un feu de joie,
Qui nous mettez le pied à l'échelle de soie,
Que vous m'avez déçue, Espoir au front changeant,
Que vous avez leurré ce cœur trop exigeant !

Parfum qui s'évapore au souffle de la vie,
Chimère qui s'enfuit sans cesse poursuivie,
Un jour, je n'aurai plus de vous, sur les chemins,
Que la poussière d'or que laisse entre les mains
L'aile d'un papillon qui meurt ou qui s'envole,
Ou le duvet léger semé par l'herbe folle !

De tout votre mirage il ne restera rien,
Qu'un souvenir perdu qui passe ou qui revient...
Car de l'ombre déjà s'allonge sur ma route,
Je vous vois rarement ; à mes côtés le Doute
Prend souvent votre place, et creusant le chemin
Fait mon pas moins joyeux et s'appuie à ma main.

Mais quand je vous revois à mes côtés, fidèle,
Quand vous venez encor m'effleurer de votre aile,
Je crois vous reconnaître et vous avez changé :
Vous m'êtes familier visiteur étranger,
Car vous avez fixé votre douce lumière
Tout au fond des grands yeux d'une figure chère.

Vous avez le sourire et la voix d'une enfant
Dont le regard au mien s'attache confiant,
Et la fuite des jours emportant ma jeunesse
N'a rien qui m'épouvante, et la vive allégresse

Que vous faisiez briller le long de mes chemins
Allume le flambeau tenu par d'autres mains.

Oui, vous avez fixé vos multiples visages :
Vous êtes devenu le but de mon voyage :
Allez, mon bel espoir aux yeux couleur du temps,
Marchez sur les chemins devant moi bien longtemps,
Mettez tout votre amour dans ce qui vit et passe,
Saisissez le bonheur avant qu'il ne s'efface,

Et plus tard, vous aurez pour éclairer vos pas
Tant et tant de soleils que je ne verrai pas !...

MUSIQUE

Vous souvient-il encor de nos soirs d'autrefois ?
Par la grande fenêtre ouverte sur le bois,
La nuit venait à nous, apportant par bouffées
Les parfums du jardin, les plaintes étouffées
Des crapauds sur l'étang qu'on ne distinguait pas ;
Et nous chantions alors... Sur un tabouret bas,
Auprès du piano, vous nous tourniez les pages,
La lune, lentement, émergeait des nuages...
Attiré par la lampe, un phalène poudreux
Venait frôler son aile au cahier lumineux.

Ce soir, j'aurais voulu, peuplant ma solitude,
Retrouver, pour un temps, notre chère habitude,
Sur le clavier jauni qui dormit si longtemps
Et qu'on n'a pas ouvert depuis bien des printemps,
Où nous aimions jouer les valses démodées,
Que fredonnaient nos voix en cadence accordées,
Où le divin Schubert a pleuré tant de fois,
Lorsque l'Adieu chantait après la Sérénade,
Où Manon remplaçait un air de Chaminade,
Les chansons d'autrefois ont fleuri sous mes doigts.

Mais je n'ai plus trouvé la minute envolée
Où, nos rêves portés sur la cadence ailée,
Nous ne savions plus bien, tant le soir était doux,
Ce qui, si tendrement alors chantait pour nous...
Si c'était la nuit pure ou la douce harmonie,
Si c'était le parfum de rose épanouie
Qui montait lentement vers nous du jardin noir,
Où sans nous en douter, peut-être, dans le soir,
Nous nous laissions griser, une brève seconde,
Par toute la douceur éparse sur le monde !

AU TOUT PETIT

Ce n'est qu'un petit rien dans un berceau tout blanc
Au creux tiède des bras un tout petit enfant...
O toi qui dors si bien, enroulé dans tes langes,
Qui dans ton doux jargon causes avec les anges,
Seras-tu quelque jour l'aïeul aux cheveux gris,
Qui gronde et qui sermonne, et pardonne et sourit?
Connaitras-tu la joie et la beauté de vivre,
La splendeur des destins, la gloire qui enivre?

Ou très tôt sauras-tu que le monde est méchant,
Que le bonheur humain est fragile et penchant?

Ou seras-tu promis à d'autres hécatombes
Quand le laurier se fane à peine sur les tombes?
Deviendras-tu celui qu'il faut craindre et prier
Ou ton front devra-t-il toujours s'humilier?
Dieu seul sait quel destin sur la route suivie
Tracera jour par jour la trame de ta vie :

Tu sais déjà qu'on pleure avec tes gros chagrins...
C'est la rançon promise aux plus heureux destins :
Rien ne dure ici-bas, toute fleur est flétrie,
Tout sourire est voilé, toute larme est tarie,
Et les jours les plus noirs ont d'heureux lendemains.
Souviens-toi que Dieu mit l'inconnu dans tes mains :
C'est plus lourd qu'on ne dit quand on porte sa croix,
Mais quand on est heureux c'est plus léger qu'on croit.

Car la vie, ô petit, nous croyons la connaître,
Nous n'en savons pas plus que toi qui viens de naître.
Va, dors en l'attendant, en serrant les deux poings,
Sans défense et sans peur dans ton chaud petit coin.
Redis en t'endormant le mot suprême et tendre :
Maman... à ton réveil tes bras frais vont se tendre...

Tu n'es qu'un petit rien dans un berceau tout blanc
Au creux tiède des bras, mon tout petit enfant !

AUX HIRONDELLES

Vous qui vous reposez au fil qui vous balance,
Points noirs sur le fond pur et bleu du ciel immense,
Apportant le printemps dans les plis de vos ailes,
Pourquoi repartez-vous, petites hirondelles?...

QUE SAVONS-NOUS JAMAIS?

Que savons-nous jamais des choses de la Vie ?
Nos pas s'en vont tout droit sur la route suivie :
Une ombre qui ressemble à l'ombre du bonheur
Nous tend un jour les mains, nous donnons notre cœur..
Nous écoutons muets auprès des portes closes,
Cherchant à deviner les effets et les causes,
Et nous ignorons tous, hâtant toujours le pas
A quel coin nous attend la halte ou le trépas
Sans pouvoir remonter la route poursuivie...
Car nous ne savons rien des choses de la Vie ?

Que savons-nous jamais des choses de l'Amour ?
Nous mettons notre cœur sans guide et sans secours
Comme un trésor sans prix entre ses deux mains rêles,
Et nous ne pensons pas qu'il peut ouvrir ses ailes...
Nous entendons le vent qui souffle dans les bois
Et nous ne savons pas d'où vient sa grande voix.
Nous croyons éternels les serments des voix chères,
Sans prévoir pour un temps les trahisons amères
Qui brisent notre cœur sans guide et sans secours,
Car nous ne savons rien des choses de l'Amour !

Que savons-nous jamais des choses de la Mort?
Le destin contre nous est toujours le plus fort,
Nous nous laissons griser au vertige des cimes
Et l'angoisse nous prend tout au bord des abimes...
De ceux qui sont partis, pas un n'est revenu...
Leurs mains ont laissé choir le fil qu'ils ont tenu,
Leur flambeau s'est éteint au seuil de la nuit sombre
Leur souvenir pour nous s'efface dans de l'ombre...
Le destin contre nous est toujours le plus fort
Car nous ne savons rien des choses de la Mort !

LA DERNIÈRE ROSE

Ce soir où le soleil allume un incendie
Au bord de l'horizon qui flambe et s'irradie
On sent que doucement l'été s'en va mourir,
L'automne au pas furtif est là qui va venir.

Le brouillard s'effiloche et se traine en l'espace
Comme une écharpe grise au fil du vent qui passe,
La vigne-vierge folle a rougi dans la nuit,
Un cri aigre et strident, et l'hirondelle a fui,

Le fol émoi du vent fait pleurer les grand arbres.
Le jet d'eau se lamente ; au grand bassin de marbre
L'eau plisse son miroir que la mousse a terni,
Aux branches des lilas se balance un vieux nid...

Comme un dernier amour au cœur qui s'abandonne
Le charme des beaux jours va parfumer l'automne ;
Le silence a tendu son manteau sur le soir.
Le crépuscule tombe aux confins du ciel noir.

Dans le jardin désert qui se f ne et se rouille
Sur le rosier flétri que la saison dépouille,
Toute seule, fleurit cette rose au cœur d'or,
En qui tout l'été blond semble revivre encor !

Nov. 1923

SOIR D'AUTOMNE

C'est fini des beaux jours, des longs soirs de l'été,
L'automne règne en maitre au jardin dévasté :
Le soleil s'en va tôt, et de la terre émane
L'odeur du pré mouillé, de la fleur qui se fane ;

Déjà c'est un départ, puis, un autre départ...
Chaque jour, de bonheur, emporte un peu sa part,
Le nid va se fermer : au jardin de l'enfance
Un hiver va passer, ouaté de silence !...

A la lampe allumée, assis près du foyer,
Les chaises se touchant, on commence à veiller,
Chacun tendant les mains vers le beau feu qui danse
Revoit les soirs pareils de la lointaine enfance :

La flamme, où malgré nous, nos regards sont fixés,
Comme un doux sortilège évoque le passé.
Et les jours d'autrefois, comme du blé qui lève,
Remontent sous nos yeux, une seconde brève :

« Et puis, t'en souviens-tu? Et puis, c'était tel jour,
Et puis, je me rappelle... » Et chacun à son tour
Effeuille le bouquet ou dévide les soies
Des plaisirs partagés et des communes joies...

Nous oublions soudain que les ans ont passé,
Blanchissant les cheveux autour des fronts lassés !
Le rire d'autrefois, en cascades légères,
Revient pour un instant sur les bouches sévères...

Mais la douce gaieté s'embrume tout à coup :
Car un nom, par hasard, est tombé entre nous,
Un nom qui n'est plus rien, qu'une ombre entre les ombres,
Et nos fronts de rêveurs sont devenus plus sombres !

Le silence se fait : nous l'écoutons monter
Du fond de notre cœur, et soudain attristé,
Chacun se recueillant, retrouve le visage,
Le sourire ou les yeux en fugitive image.

C'est un rien qu'on évoque et qui nous fait penser
Qu'au temps il faut bien peu pour faire du passé
O souvenirs craintifs que le grand jour apeure,
Lambeaux qu'on ressaisit d'un instant ou d'une heure !

C'est si bon, c'est si doux, si poignant à la fois
Tout ce passé qui lève à l'appel de nos voix !
Oubliant un instant, sans désir et sans crainte
Que la vie a sur nous posé sa dure empreinte,

Nous qui sommes des vieux déjà pour nos petits,
Nous entendons encore au foyer qui survit,
Passer dans l'ombre tiède à travers le silence,
Votre âme de fraicheur, tendre et divine Enfance !

Octobre 1913.

PUISQU'IL FAUDRA...

Puisqu'il faudra, mon Dieu, que cette chose arrive,
Que nous abordions tous à la f nèbre rive,
Et que, n'ayant plus rien entre nos doigts fermés,
Nous revenions à vous, faibles et désarmés,
Je voudrais m'en aller, en avant, la première,
Avant que ceux que j'aime, à la douce lumière
Aient refermé leurs yeux, et passé le flambeau
Dont la flamme vacille au sou fle du tombeau.

Je voudrais être là, Dieu de toute puissance,
Pour mettre dans leurs yeux un rayon d'espérance,

Pour leur tendre la main, Seigneur, quand ils viendront,
Meurtrissant leurs genoux, humiliant leurs fronts,
Vers vous qui remettez tous les péchés du monde
Pour rendre notre vie en bonté plus féconde,
Je voudrais être là, parmi vos bienheureux
Pour vous dire, mon Dieu, soyez clément pour eux !

Je voudrais m'en aller, craintive passagère,
Les yeux tout pleins encor de leur image chère,
Le cœur tout débordant de tendresse et d'amour,
Emportant mon viatique à mon dernier séjour...
Mais quand j'arriverai sur les rivages sombres,
Seule et désespérée, ombre parmi les ombres,
Qui donc m'accueillera pour me tendre la main,
Guidant mes pas errants au ténébreux chemin ?

Car, si, voulant masquer la stérile vallée,
Vous aviez mis un mur tout au bout de l'allée ?
Si vous n'étiez qu'un nom, ayant donné l'espoir ?
Si rien n'éclairait plus la nuit du dernier soir ?
Si vous n'étiez que l'ombre au lieu de la lumière ?
Et si plus rien n'était après l'heure dernière ?
Si tout s'arrêtait là, aux portes de la tombe,
Avec la fleur qui meurt, la terre qui retombe ?

Dieu ! laissez-moi partir quand même la première !...

A LA MORT

Saurai-je vous bénir, mort au double visage
De repos et d'oubli? A quel divin message
Obéira mon âme au moment du départ?
Aurai-je le loisir de jeter un regard
Sur tous mes chers bonheurs dont je romprai les chaînes ?
Ou bien comme la foudre attaque au cœur les chênes,
Me prendrez-vous debout, les yeux pleins de soleil
Pour la nuit sans retour du suprême sommeil?

M'en irai-je un matin, avant l'aube, passive?
L'aube des grands départs où vous rampez furtive?

Ou partirai-je un soir quand le soleil s'éteint?
Et quand je descendrai, dans la nuit sans matin,
Dieu, me donnera-t-il pour le dernier voyage,
Le cruel, nécessaire et douloureux courage
De partir sans un mot de plainte ou de regret?
Pour le déchirement, mon cœur sera-t-il prêt?

Croyant au grand revoir je partirai joyeuse...
Mais si je pense à vous, mes tendresses heureuses...
Tous les chers souvenirs dans mon cœur entassés
Remonteront vers moi du fond des jours passés.
Je verrai dans un vol d'ombres et de lumières
Mon bonheur effeuillé! illusions dernières,
Tout sera devant moi de ce que j'ai chéri...
Pourrai-je tout quitter sans un mot, sans un cri...

Sur mes yeux refermés pour le dernier voyage,
Seule, vous resterez, tristesse au blanc visage,
Tristesse désolée et passive des fronts
Qui, muets et glacés, pour toujours se tairont...
Et qui se doutera voyant mes lèvres closes,
Que j'aurai tant aimé le soleil et les roses!...

Janvier 1922.

LE RETOUR

Dans la vieille maison des chambres se sont closes.
Le long du grand mur blanc, les branchages des roses
Mettent leur sceau fleuri sur les volets fermés.
Pour ceux qui furent là, tous les bruits sont calmés...

Ramenant près du nid ma course solitaire
J'y veux entrer ce soir, comme en un sanctuaire.
Aux murs silencieux mon douloureux émoi
Demande le passé qui se lève vers moi,

Et j'écoute revivre à travers le silence
Ce qui reste de vous, ô mes chères absences...

Je veux, laissant au seuil mes bonheurs du présent
Qui sont à mon chargin comme un baume apaisant,
Je veux vous retrouver, tendresses oubliées
Dans ce livre que j'ouvre aux pages repliées :
Mon pas hésite au seuil, j'ai peur de déranger
Le silence installé, là, comme un étranger,
Dans le réseau terni qu'ont posé les poussières
Par terre et sur les murs aux choses familières.

J'entre tout doucement, et voilà que ma main
Sur le bras d'un fauteuil va chercher une main.
J'écoute en frémissant, car il me semble entendre
Mon nom d'enfant redit par une voix si tendre,
Et je cherche à tâtons au creux de l'oreiller,
Un front que mon baiser voudrait tant réveiller !

Je ne suis plus rien là, qu'une errante mémoire
Qui veut ressusciter la merveilleuse histoire
Des beaux jours d'autrefois, bonheurs des ans passés
Poignants souvenirs dans mon cœur entassés.
J'enchaine pour moi seul et je noue à ma guise
Une heure couleur d'or avec une heure grise.

Quand je sais que dehors au soleil éclatant,
J'ai tout mon cher bonheur qui passe et qui m'attend,

Mon Père, ô toi vers qui, ce soir va ma pensée,
Je cherche entre les murs ton image effacée,
(Les nids tous les printemps se réveillent pour nous,
Mais vous, morts tant pleurés, vous éveillerez-vous?
Mon Père, je te vois. Je revois ton sourire,
Tes yeux désabusés qui savaient tant nous dire,
Je sens planer sur moi, dans ton nom respecté
Ta justice indulgente et ta grande bonté,
Je nous revois, enfants, écoliers qu'on gourmande,
Obéissant soumis à ta voix qui commande.
Tu savais mieux que nous ce que sont les destins,
Nous étions près de toi comme de frais matins,
Attendant la rosée, et la douce lumière
Se levait pour nos cœurs à ta voix familière.

Je me souviens si bien, ô mon Père au grand cœur,
Lorsque tu nous parlais de justice et d'honneur
De patrie et d'amour, de droit, de vérité,
Que nous étions meilleurs de t'avoir écouté.
Tu nous disais souvent, rêvant sous les grands arbres,
Ou bien autour du feu, près du foyer de marbre,
Tu nous disais souvent : « quand je ne serai plus... »
Mais nous ne pouvions croire à ces temps révolus,

Nous ne pouvions penser qu'ici-bas tout s'efface,
Et que la mort un jour étendrait sur ta face
Son linceul d'ombre grise, et rejoindrait es mains
Qui plus jamais, jamais ne serreraient nos mains...
Tant nous avions besoin qu'autour de nous rayonne
Ta grande autorité si complète et si bonne !

Et toi, mon frère aimé, compagnon de toujours,
Dont la vie à la mienne a mêlé tous ses jours,
Qui donc nous aurait dit quand nous jouions naguère,
Gamins ardents et fous, à simuler la guerre,
Qu'au jeu sombre et cruel la décision du sort,
Avait marqué ta place et ton rang dans la mort?
Pouvais-je me douter qu'impuissante et navrée,
Ma tendresse de cœur, devrait, désespérée,
Suivre ton agonie et pleurer ta souffrance,
Qui fut de celles-là que réclamait la France !
Pouvais-je donc savoir, te voyant si vivant,
Quand nous causions le soir, redevenus enfants,
De passé, d'avenir, des tâches quotidiennes,
Que tu devrais partir sans achever les tiennes ?

Vois-tu, j'étais trop jeune et je ne savais rien
Des douleurs qu'aujourd'hui j'approfondis si bien,
J'étais toute au bonheur de l'heure que l'on cueille
Lorsque le vent d'été s'assoupit dans les feuilles,

Dans la tiédeur du jour, quand nous étions tous là,
Si confiants, si gais, assis près des lilas,
Quand dans nos jeunes cœurs l'amitié fraternelle
Avait pour nous le prix d'une chose éternelle !

La pierre où vous dormez, si pesante à vos fronts,
Peut bien porter gravés vos âges et vos noms,
Je n'y retrouve rien que de lourdes couronnes
Qu'effeuille en se jouant le tiède vent d'automne.
Ce n'est vraiment que là, entre ces murs bien clos,
Que je peux pénétrer votre dernier repos,
Espérant retrouver pour un jour, pour une heure
Le cher bruit de vos pas au seuil de la demeure !

Soyez loué, Dieu bon, qui sur toute misère
Faites briller l'étoile et luire la lumière,
Qui permettez, quand tout se déc ire et finit,
Que nous puissions encor tout au fond des vieux nids,
Retrouvant le passé dans les chambres bien closes,
Faire vivre un moment dans le sommeil des choses
Les gestes et les voix de ceux qui se sont tus,
Et renouer encor le fil des jours perdus,

Qui permettez, Seigneur, quand il faut que tout meure,
Que ce peu-là, de nous, que ce peu-là demeure ...

Courlans, 15 avril 1923.

ROME

A mes petits-fils M. et C. A.

Quand vous serez plus grands, ô mes blonds chérubins,
Et que vous pâlirez sur vos devoirs latins,
Le soir, nous causerons, et pendant la veillée,
O mes bambins chéris, à la mine éveillée,
Pour vous aider un peu, je vous tendrai la main
En vous faisant aimer tous ces grands mots romains,
Quan l vous répéterez sans les comprendre encore,
Tous les noms de l'histoire et leur verbe sonore.

Vous lèverez vos fronts, attentifs ou distraits
Quan l je rappelerai, pour vous deux à grands tra s,
Quel charme tout-puissant au doux ciel d'Italie
Retient le souvenir et l'enchante et le lie.
Je vous dirai comment on comprend mieux là-bas
Le lourd passé romain qui monte sous les pas,
Quand on rêve un instant, au pied du Capitole,
Parmi tous les débris, envahis d'herbes folles !

Et vous m'écouterez, vous ne causerez plus,
Lorsque j'évoquerai, petits anges joufflus,
La neige scintillant sur les flancs des Sabines,
Quand l'amandier en fleurs poudre les sept Collines,
Le Tibre à l'eau bourbeuse, entraînant sous ses ponts
Le mystère enfoui au sein des flots profonds,
La lumière limpide, et si blonde et si belle,
Dorant la pierre en ruine au temple de Cybèle,

Par l'avril frissonnant et dans le clair matin
Le ciel bleu découpé sous l'arc de Constantin,
Quand le printemps fleurit d'une tendre aubépine
La dalle où se posa le pied blanc de Faustine,
Je vous dénombrerai les marbres attiédis,
Qui semblent palpiter au soleil de midi
Quand la chaleur du jour donne un reste de vie
Aux murs ressuscitant la maison de Livie.

Puis, je vous décrirai la tour sombre où Néron,
L'émeraude à la main et la couronne au front,
César lourd et cruel, au regard immobile,
Contemplait l'incendie allumé sur la ville.
Vous comprendrez bien mieux la grandeur du pas é
Qui se lève vers nous, des siècles entassés,
Quand je peindrai pour vous, dans le jour qui décline
Le soleil embrasant la tour Capitoline,

Et dans un halo d'or découvrant aux regards
Ce qui reste debout du palais des Césars !
Vous sentirez alors quel charme se dégage
De ces débris sacrés, vestiges d'un autre âge,
D'une colonne unique évoquant dans l'air bleu
Tout un temple écroulé sous le soleil de feu !
Je vous dirai qu'un soir, sur la pierre accoudée,
Quand montait le parfum des arbres de Judée,

J'ai vu le Cyprès noir au tombeau des Scipions
Où sur la dalle chaude accouraient les scorpions.
Accordés et puissants, j'ai vu les Dioscures
Vers leurs chevaux domptés lever leur face obscure,
Saurai-je faire vivre avec ce qui resta
D'un portique écroulé l'Atrium de Vesta ?

Dans ce petit espace où gisent des colonnes
Le Forum tout entier, dont l'étroitesse tonne,
Où, quand la brise chante autour des grands fûts ronds
On cherche à retrouver la voix de Cicéron !
Je chanterai pour vous la douce nuit romaine,
Nuit sur le Colisée, allongeant sur la plaine
Et sous l'azur profond qui va se trouer d'or,
Aux clartés de Phœbé l'ombre du géant mort !

Il semble encore plus grand dans la froide lumière
Qui soulève de l'ombre au creux des vieilles pierres,
Les siècles ont passé sur ses flancs de granit,
Il voit tout ce qui meurt et tout ce qui finit,
Rempli de souvenirs qu'il ne dit qu'aux étoiles,
Et qu'à la nuit profonde en soulevant ses voiles.
La terre entre ses murs a regorgé de sang :
Il est toujours debout, mutilé, mais puissant !

Tout un peuple de morts surgit des froides dalles,
Gladiateurs demi-nus ou tremblantes vestales,
Et l'on croit voir là-haut, César imperator,
En abaissant un doigt, les jeter à la mort !

Lauriers du Palatin, Cyprès du Janicule,
Quand le soleil lassé vers l'horizon recule

Vous allongez votre ombre au pied des murs sacrés,
Qui semblent tout en feu sous les rayons dorés
Unissant dans la même et limpide lumière
La ville des Chrétiens et la ville première,
Le berceau de la foi, les temples des faux dieux,
Elevant comme un cri qui jaillit jusqu'aux cieux,
Dans l'or d'une coupole et l'ombre d'un portique,
La Rome de Saint-Pierre avec la Rome antique !

Alors, vous comprendrez, ô mes blonds chérubins,
En soupirant le soir sur vos devoirs latins,
Quel charme tout-puissant au doux ciel d'Italie
Retient le souvenir et l'enchante et le lie...
Mais, saurez-vous jamais de quel cœur j'ai quitté
La terre de splendeur, d'éternelle beauté,
Pour venir retrouver ce petit coin du monde
Où sourit mon bonheur entre vos têtes blondes !

Avril 1924

ESPAGNE...

Espagne au front pensif, Espagne au manteau noir,
Que bleuit le matin et que rougit le soir,
J'ai compris votre charme et votre poésie,
C'est vous que je voudrais pour seconde patrie,
O pays des splendeurs, pays du passé mort,
Si j'avais à choisir et ma vie et mon sort.
En vous j'ai pénétré, terre lourde de gloire,
Où souvent la légende a retouché l'histoire,
En respirant votre air, en bravant vos soleils,
Vos blanches nevadas et vos étés vermeils.

J'ai vu vos monts déserts, accrochant le nuage,
Où rien n'est plus vivant dans le décor sauvage,
Où la terre est sanglante, où les vents désolés
Courent en gémissant sur les sommets pelés...
J'ai vu très tard, le soir, les vieilles de Fontèbre
Emplir leurs cruches brunes à la source de l'Ebre,
J'ai vu les troupeaux roux des plaines d'Arija
Brouter le gazon noir que le feu dévora,
J'ai vu la route étroite aux gorges de Sobrone
Que le printemps fleurit de la pâle anémone.

J'ai vu les monts Oca, le pays de la mort,
Où la terre est maudite et de Dieu et du sort ,
Pas un coin de ciel bleu pour éclairer la route...
Seule, une lourde, épaisse et ténébreuse voûte
Que l'ombre du nuage appesantit sur tout,
Où les troncs d'arbres noirs semblent tendre vers nous
Les gestes suppliants des branches dépouillées
Sur le sol épaissi de fougères rouillées...
J'ai vu dormir au port vos vaisseaux, Bilbao,
Tournoyer les vautours aux flancs de Pancorbo.

Dans le ciel d'Arroyo j'ai vu planer les aigles,
Et j'ai vu la cigogne atterrir dans les seigles.
J'ai vu dans vos couvents la Vierge des douleurs
Porter sept fois plantés les glaives dans son cœur,

Et vous, Toledo blonde, aux murs couleur d'abeilles,
De vos trésors sans prix j'ai compté les merveilles,
J'ai cueilli le jasmin au jardin du Gréco
Dont mes pas sur le seuil ont éveillé l'écho ;
J'ai rêvé sur vos ponts quand l'ombre du nuage
Voilait le ciel trop bleu que reflétait le Tage.

J'ai savouré le suc des fraises d'Aranjuez,
J'ai vu saigner le Christ du divin Vélasquez,
Et bouder ses Infants. J'ai vu le rio Tijone
Rouler ses cailloux noirs. Des filles de Gigone
J'ai vu le fier profil et le teint d'ambre clair
Où le soleil a mis son rayon sur la chair :
J'ai vu les pins sans ombre, aux pelouses râpées
Dressant vers le ciel bleu leurs têtes découpées,
Et j'ai vu le tombeau de Burgos où tu dors
Sous la dalle rosée, O Cid Campéador...

Et la vieille Castille où rêva Don Quichotte
Avec le casque en tête et la lance à la botte ;
J'ai vu l'ombre profonde à vos yeux de velours,
Filles de Santander aux brûlantes amours,
J'ai vu le soleil luire aux yeux des madrilènes
Sous leurs cheveux dorés comme le blé des plaines ;
J'ai bu votre cœur même aux sources de l'Ebro,
J'ai vu couler le sang aux plazas de toros ;

En vous j'ai pénétré, terre lourde de gloire,
Où souvent la légende a retouché l'histoire,

En respirant votre âme au fond des capillas,
Etrange, fière et sombre Espagne en manillas,
J'ai goûté votre charme et votre poésie ;
C'est vous que pour berceau peut-être, j'eus choisie,
O pays des splendeurs, pays du passé mort,
Si je n'avais fixé mòn cœur avec mon sort,
Mais quand j'ai terminé ma course vagabonde
En revenant vers toi, pays unique au monde,
Quel cri d'amour profond vers ton ciel j'ai lancé,
Ma France au front serein, ma France au cœur blessé !

                              Mai 1922.

POUR UNE FÊTE D'ENFANTS

Le jardin se remplit d'une étrange rumeur
Où le bruit de la rue et de Paris se meurt.
Dans les grands arbres verts les oiseaux s'en étonnent...
D'où vient cette gaité et ces chants qui résonnent?
Par ce tiède Dimanche, il flotte dans l'air pur,
Je ne sais quoi d'heureux qui monte dans l'azur :
C'est un rire qui fuse, ou bien un cri de joie,
Ce sont des pas légers, sur le gazon de soie...
Les moineaux sont surpris, eux, les vieux citadins,
Qu'on envahisse ainsi leur paisible jardin...

Tout un peuple mignon se bouscule et se presse
Avec des chants joyeux et des cris d'allégresse !
« Mais qu'est-ce que tout ça ? pépie un vieux moineau,
« C'est un village entier, minuscule hameau ?
« Voici la grande rue avec sa laiterie,
« Notre simple pelouse est changée en prairie !
« Mais qui donc amena, aujourd'hui, en ce lieu
« D'ordinaire paisible et si tranquille, au lieu
« Des deux petits garçons si jolis et si sages,
« Tous ces bons villageois qui mènent grand tapage ?
« Ils sont vingt, ils sont cent, et de tous les pays,
« Il y en a partout, près de tous les taillis,
« Ici l'on chante un air, un peu plus loin l'on danse,
« La ronde se déroule en joyeuse cadence :
« Là, c'est un pâtre brun avec un long bâton
« Qui conduit une ronde et qui donne le ton...
« Là, cocarde au bonnet, la bl nde tricoteuse
« Entraine pour jouer la Perrette rieuse,
« Le bon fermier normand parle au gars berrichon
« Le chapeau voisinant avec le bonnichon,
« Jusqu'à des bohémiens sortant de leurs roulottes
« Des bergers, des pêcheurs, pas, plus haut que des bottes ;
« Pourtant, là, dans la rue, il passe des autos...
« Je n'y comprends plus rien, j'y renonce, ou plutôt
« De grâce dites-nous, mesdames hirondelles,
« Vous qui nous apportez le printemps sur vos ailes...
— « Je sais, dit un pinson, sur un ton protecteur,
« Que cette nuit, Merlin, le fameux enchanteur,

« D'un coup de sa baguette a fait sortir de terre
« Ce village, ces gens, voilà tout le mystère !...»
— « Mais non, dit un vieux merle accourant sur le toit,
« C'est simple et très joli. Amis, écoutez-moi,
« Voilà, tout simplement, ce sont deux bonnes fées,
« Toutes pleines de grâce et de rêve coiffées,
« Qui voulurent avoir, aujourd'hui réunis,
« Pour mettre de la joie à tous les cœurs amis,
« Dans ce tiède jardin que la lumière inonde,
« Ce qu'il est de plus tendre et de plus doux au mond ,
« Ce que Dieu sût créer peut-être de meilleur,
« Des tout petits enfants, des chansons et des fleurs ! »

Juillet 1913.

CREDO

Je crois en Vous, Seigneur, Dieu de toute puissance,
Je crois qu'un jour prochain, las de votre clémence,
De votre doigt vengeur vous marquerez le front
De celui qui nous frappe, invoquant votre nom !

Je crois aux chapelets qu'égrènent les mains lentes,
Aux *ave* récités par les lèvres ferventes,
Aux mères qui sourient en refoulant des pleurs,
Pour dire un au revoir joyeux, l'angoisse au cœur,

Aux voix des tout petits qui disent : Notre Père !
A la foi qui, priant, jamais ne désespère,
A tous ceux qui, partant, nous ont dit : au revoir,
Sachant bien que là-bas ils dormiraient un soir,
Je crois à la valeur de nos grands capitaines,
Au geste de secours des mains filant les laines,
Je crois au sang français qui ne peut pas tarir,
A notre cœur si grand qui ne peut pas mourir,
A tous ceux qui, tombant, s'offrent, vivantes cibles :
C'est tout cela, mon Dieu, qui nous rend invincibles !

Vous qui mettez, Seigneur, aux lèvres des mourants,
Le cri d'amour suprême en adieux déchirants,
Vous voulez, n'est-ce pas, que notre France vive,
Pour qu'avec elle encor, si généreuse et vive,
La liberté du monde élève l'étendard,
Parce qu il faut qu'enfin, rayonne encore plus tard,
Foyer qui donne à tous la divine étincelle,
Ton immortel génie, ô ma France immortelle !

Je crois qu'il n'est pas loin, le jour où votre main,
Qui tient tout l'univers, tracera le chemin.
Et Vous nous défendrez, nous, votre fille ainée,
Pour que nous revenions aux paisibles années,
A ce temps qu'ont chassé ces infâmes bourreaux,
Où les petits enfants riaient dans leurs berceaux !

Oui, vous nous défendrez, car la guerre est impie,
Et qu'il faut, ô Dieu bon, que le coupable expie,
Pour que les nids de France aient encor des chansons,
Pour que le sol de France ait encor des moissons,
Couchant sous la faucille avec la gerbe blonde
Le pain de chaque jour sur la terre féconde,
Où les rouges pavots se mêlant aux bleuets,
Au blanc immaculé des papillons, tout près,
Dans le creux des sillons à chaque pas semées,
Nous retrouvions encor les trois couleurs aimées !

Je crois qu'il vient, le temps où Vous nous montrerez
Survolant l'univers, dans les cieux déchirés,
Dans l'air qui frémira de cette grande chose,
Notre drapeau flottant dans une apothéose !

Dans les champs de l'Argonne ou les plaines du Nord,
Tombant, se relevant pour nous défendre encor,
Nos soldats en héros moissonnent de la gloire :
Comme je crois en Dieu, je crois à la victoire !

Courlans, sept. 1914.

L'OTAGE

A M. R., octobre 1914.

Quel est donc ce Lorrain dont les traits sont gravés
Et vers qui les regards un jour se sont levés?

Dans la cité picarde, au ciel tout chargé d'ombres,
Quand le tocsin sonnait le glas des heures sombres,
Comme un flot répandu par les chemins du Nord,
Ivre de sang, d'orgueil, pillant, semant la mort,
Lorsque l'envahisseur éprouvant les courages,
Choisissait les meilleurs qu'il voulait pour otages,
Celui-là s'avança en disant : Me voici !

La ville fut sauvée, et la France éternelle,
Qui reconnut le sang de sa race immortelle
Battant dans ce cœur-là, la France a dit : Merci !

LE FOYER FAMILIAL

A Madame T. de C.

Sous les pas des Uhlans la tourmente a passé :
Dans un sursaut d'horreur le pays s'est dressé,
Sur notre douce France, au ciel tout chargé d'ombres
Le glas de nos cités sonne les heures sombres...
Ceux qui doivent s'enfuir de leurs foyers détruits,
Marchent sur les chemins, les jours après les nuits...
Pas un espoir ne luit sur leur désespérance,
Qui donc pourrait venir alléger leur souffrance?

Voilà qu'une Française au grand cœur a compris
Qu'à ces déracinés, à ces oiseaux sans nids,
Il faut rendre le toit, et l'âtre et la famille :
Sous le ciel de Paris, tout sombre où rien ne brille,
Un foyer s'est ouvert, où les accueille tous
Votre geste, Madame, affectueux et doux.
Vous êtes le courage et vous êtes la grâce,
Vous résumez en vous les vertus de la race,
Donnant à pleines mains d'un cœur jamais lassé,
Voulant que le présent ressemble à leur passé !
Votre âme qui jamais n'aura connu le doute,
Les guide et les conduit tout le long de la route,
Un regard de vos yeux se posant sur les fronts
En chasse les chagrins, tels de noirs papillons...
Vous êtes celle-là qui guérit, qui console
Qui verse aux affligés la divine parole...

Mais nos soldats vainqueurs délivrent le pays;
Chacun songe à rentrer au foyer reconquis.
Voilà qu'à vous quitter, fière et douce Lorraine,
Bonté qui s'ingénie et grâce souveraine,
Leur cœur se sent brisé d'un indicible émoi :
Il leur semble partir une seconde fois !...
C'est qu'ils ont bien compris que le ciel sur leur route,
Pour ranimer leur foi dans les heures de doute,
A mis à côté d'eux pour leur tendre 'a main
Et leur faire moins durs les cailloux du chemin,

Tout ce que Dieu sur terre à créé de meilleur,
Tout ce qui fait le sang de la France immortelle,
Sa force et sa grandeur, et sa grâce éternelle :
L'amour et la pitié vibrant dans un grand cœur !

30 janv. 1919.

AUX CIVILS

Taisons-nous, les Civils !... Silence et discipline !...
Pendant que sur le front la Mort passe et chemine
Tra'nant sa lourde faulx, et mêlant sous ses coups,
Comme un berger dément les moutons et les loups,
Nous,qui dans nos foyers demeurons sans rien craindre,
Allons-nous donc gémir? Qui donc ose se plaindre
Pour un peu moins de sucre ou pour un pain moins blanc,
Pour un âtre sans feu lorsque souffle le vent ?
Nous trouvons que la vie est pour nous difficile
Et que tout n'est pas rose à vivre dans la ville...

Taisons-nous... et pensons, lorsque nous aurons froid,
Que le supplice affreux de Jésus sur la Croix,
Lorsqu'il meurt pour le monde et que sa Mère pleure,
Nos soldats pour nous tous, le souffrent à toute heure.
Eux, n'ont-ils pas eu faim? N'ont-ils donc pas eu froid,
Ceux qui dorment en tas, dans les prés, dans les bois,
Ceux qui se sont jetés là-bas dans la fournaise,
Ceux qui se sont couchés sur la terre française
Dans un geste suprême en raidissant leurs bras,
Disant aux Allemands : « Vous ne passerez pas ! »

Allons, pensons-y donc, à ceux de la Chipote,
Fantassins n'ayant plus qu'un lambeau de capote,
A ceux de Thiaumont, de Fleury et de Bras
Qui nous criaient de loin : « Courage, on les aura ! »
Aux chasseurs de Driant, aux bleuets des Eparges,
Maigres et desséchés, les tuniques trop larges,
Alpins du Vieil Armand, fusiliers de l'Yser,
Dans la boue et dans l'eau. quatre étés, quatre hivers !
A ceux du mont Kemmel, ceux du bois des Courières
Qui, tous de leur poitrine ont fait une barrière,

Tous, frères si pareils, qu'on ne distingue plus
Ceux du Four de Paris d'avec ceux des Hurlus,
Avec les mêmes yeux, les mêmes bourguignottes,
Le même teint hâlé dans le bleu des capotes,

Et puis ceux de la Somme... et puis... ceux de Verdun !
Ceux qui, pendant des mois, en tombant un à un,
Ont sauvé ton honneur, martyre inviolée
Qui dresses ton squelette à la nuit étoilée !
Ils sont montés là-haut pour n'en pas revenir,
Pour tenir leur serment de vaincre ou de mourir,
Non pas le torse nu, légionnaires antiques,
Mais les reins écrasés des barbus fantastiques,
Non pas musique en tête et drapeaux déployés,
Mais dans les noirs boyaux, plus qu'à demi noyés,
Non pas au grand soleil dont la splendeur les grise,
Mais rampant dans la boue et sur la terre grise
Enjambant les blessés, et butant sur les morts,
Luttant contre la soif et la faim qui les tord,
Non pas les poumons pleins de l'air pur des vallées
Mais le gosier en sang, les paupières brûlées
Par le gaz infernal, par le fleuve de feu,
Trainant leurs gros pieds lourds, en ronchonnant un peu,
Portant sur leurs fronts las que la sueur inonde
Tout le poids du Destin et tout l'espoir du Monde !...

Pensons aux survivants, quand ils défileront
Devant l'Arc triomphal, aux revenants du front
Que tu nous montreras, Marseillaise de Rude,
En brandissant vers eux, le glaive à ton poing rude,
Alors ! s'il faut avoir parfois le ventre creux
Ou souffler dans nos doigts près des foyers sans feu,

Qu'est-ce que tout cela auprès de leurs supplices !
Nous irons au-devant de tous les sacrifices,
Car nous ne faisons qu'un, les Poilus, les Civils,
Ayant tous abjuré des égoismes vils,
N'ayant plus qu'un seul cœur etqu'une seule envie :
Retrouver notre terre, enfin, notre Patrie,
Lasse d'avoir souffert, lasse d'avoir lutté
Pendant des mois, des ans sur son sol dévasté,
La retrouver meurtrie, en haillons et sanglante,
Mais la revoir enfin, délivrée et vivante,
Pour que dans l'avenir, un peu plus de bonté,
De justice et d'amour, de droit, de vérité,
Par tant de sang versé, nous inonde et ruisselle
De ton cœur sur le monde, O ma France immortelle !..

Mai 1918.

AUX MORTS DE COURLANS

11 septembre 1921.

Arrêtez-vous, Passants, et courbez votre front
Devant ce granit clair où sont gravés des noms.
Tous ceux que vous lirez nous les savons d'avance...
A l'appel de nos voix répond seul le silence,
Car les noms qui sont là sont ceux de tes Enfants
Qui donnèrent leur vie à la France, ô Courlans !...

Fils de race comtoise, à l'âme ardente et fière,
Pour qui l'honneur toujours fut vertu familière,

5

Ils étaient de ceux-là, qui, toujours, tout petits,
Ont appris que ces coins où s'abritent leurs nids,
A d'autres coins pareils joignant leur espérance
Ont fait le sol sacré de la plus grande France !
Leur destin était là, dans les vallées ombreuses,
Au pied des coteaux bleus et des vignes pierreuses,
Tout près du cimetière où dorment leurs chers morts,
Leur tissant des liens si tendres et si forts...

Que ton air était doux, que la vie était belle
Par ce long jour d'été, où, comme une étincelle,
Le tocsin leur lança son appel angoissé...
Tous ont quitté soudain le sillon commencé !
C'est leur patrie en toi qu'ils sont partis défendre,
Car c'est toi qu'ils voyaient et qu'ils croyaient entendre
Leur dire : « Hardi, mes gars ! on a besoin de vous.
« Seuls les vieux resteront qui vont prier pour vous ! »

Puisque l'on a, dit-on, la vision suprême,
Au moment de mourir, de tout ce que l'on aime,
C'est leur vie, ô Courlans, qu'ils sont revue en toi,
Leurs vergers et leurs champs, leur refuge, leur toit,
La place où le tilleul recouvre un banc de pierre,
Le saule qui se penche au bord de la rivière,
L'église au clocher brun, les champs de maïs blond,
Et le moulin qui chante en bas tout près du pont.

La maison sur la route où les vieux les attendent,
Et la plaine dorée où les blés roux s'étendent !...
Refermant leurs yeux las de souffrance et d'horreur,
C'est toi qu'ils ont revu, ton ciel et le bonheur
De l'enfance paisible entre de chers visages,
Et toute la douceur de leur petit village...

Que le berger qui passe au détour du chemin
En poussant son troupeau la gaule dans la main,
Que tous les petits gars qui s'en vont à l'école,
Le chasseur poursuivant l'alouette qui vole,
Sachant que tous ceux-là dont les noms sont gravés,
Pour défendre la France un jour se sont levés ;
Pensant à ces héros qui cueillirent la gloire
D'être les artisans de la plus grande histoire,
O vous tous qui passez, arrêtez-vous ici :
Donnez une prière et dites-leur : « Merci ! »...

14 JUILLET 1919

Arrête-toi Soleil ! Et toi, disque argenté
Qui sourit dans la nuit, voile-nous ta clarté !
Suspendez sur nos fronts le vol du temps qui passe,
Laissez-nous oublier la distance et l'espace ;
Ce jour qu'on attendait n'aura pas son pareil,
Après le cauchemar laissez-nous le réveil !

Frisson qui nous émeut, clarté qui nous inonde
Quelque chose de grand va passer sur le monde !

Dans le ciel de Paris où rayonne le soir
Et dans la nuit qui vient tendre son voile noir,
La flamme de l'encens droite et pure s'élève
Pour ceux qui n'ont pas fait la suprême relève.
Pour les fils, les amants, les vieux aux cheveux blancs,
Et pour tant d'enfants blonds qui n'ont pas eu vingt ans.
Qui se sont endormis au chant des « Marseillaises »,
Serrant leurs poings crispés sur la terre française !

Ceux qui sont revenus, les voilà sous nos yeux,
Plus beaux que les héros et plus grands que les dieux
Ils vont entrer vivants par la porte de gloire
Dans l'immortalité de la plus grande histoire,
Marchant face au soleil, sur le cœur piétiné
Et débordant d'amour du monde prosterné.
Voyez, voyez là-bas ce pan d'azur qui bouge
Où les drapeaux flottants, mettent leur flamme rouge

Regardez-les venir de leur pas cadencé,
Ne laissant dans nos yeux après qu'ils ont passé,
Que ce bleu d'infini, d'espérance et de gloire,
Que ce bleu qui n'a pas son pareil dans l'histoire,
Ce bleu qu'on ignorait, ce bleu qu'on a trouvé,
Afin qu'un jour là-bas, l'horizon soulevé
Se mit en mouvement pour défendre le monde,
Ce bleu resté si pur, sous le sang qui l'inonde !

Les chefs qui vont devant sont des soldats comme eux,
Ils ont la même foi, la même flamme aux yeux.
Celui-ci fut la science et celui-là l'audace,
Celui-ci résumait les vertus de la race.
Cet autre commandait et tous l'ont obéi,
Il montra le chemin et la route qu'on suit.
Ce mutilé, là-bas, au regard bleu de France
Fut la ténacité, l'invincible espérance.

Celui-ci dit : je veux, ce sera-là, tel jour.
Et ce jour, libéré des serres du vautour
Le coq lança trois fois sur la terre oppressée
Son cri de délivrance à la France angoissée.
Celui-là, le pays dont le destin pliait
Le choisit pour sauveur quand l'horizon tremblait.
Père crucifié, ce vainqueur sous les armes
Donna trois de ses fils et sut cacher ses larmes...

Homère, où sont-ils donc tes héros fabuleux
Qui se sont égorgés pour Hélène aux beaux yeux?
Ceux-là se sont battus, mais pour bien autre chose !
Plus rude fut la lutte et plus sainte est la cause,
Car leur France est si belle et leur pays si doux
Que pour la délivrer et le garder à nous
Ils ont souffert, vivants, toutes les agonies,
Et morts, veillent encor notre terre bénie !

De quels divins accents aurais-tu donc chanté
Les exploits de ceux-là qui sans cesse ont lutté
Pendant plus de quatre ans, sans repos et sans trève,
En souffrant nuit et jour, voyant comme en un rêve
La patrie en danger qui leur tendait les bras,
Voulant mourir afin qu'elle ne meure pas !
Prévoyais-tu ceux-là? prévoyais-tu leur race?
Sais-tu par quels chemins il faut suivre leur trace ?

Sais-tu dans quels enfers ils ont roulé, des ans,
Dans le froid et l'orreur, dans la boue et le sang?
Et de tous les charniers, de tous les cimetières,
De ces visions d'enfer, de gloire et de misères,
Ont gardé ces regards d'illuminés, de dieux,
Qui font trembler nos cœurs et font baisser nos yeux !
Le pas de leurs chevaux résonne au cœur du monde
Tout pareil au bruit sourd de l'Océan qui gronde !

Regardez-les venir du fond de l'horizon,
Avec leurs chars d'assaut, leurs canons, leurs caissons,
Passant sous l'arc doré que le soleil colore.
On voit flotter au vent leurs drapeaux tricolores :
O loques palpitant dans l'air bleu du matin,
Drapeaux déchiquetés, sublimes et déteints.
Claquant au ciel léger de Paris qui s'éveille,
Demain vos trois couleurs refleuriront plus belles,

Sur les champs dévastés, par-dessus les tombeaux,
Où les blés pousseront plus épais et plus beaux !
De la plus grande guerre ils ont connu la gloire,
Tout un monde nouveau naîtra de leur victoire ;
Allons, tous à genoux et le front découvert,
Jamais rien d'aussi grand ne fut dans l'univers,
Sur nos cœurs recueillis retenons tout l'espace :
Dans les plis des drapeaux, c'est la France qui passe !

LA ROBE DE MOUSSELINE

Je veux mettre ce soir la robe en mousseline,
Avec un grand fichu tout en point de Malines,
Des volants de linon brodés au plumetis,
Où l'on voit en bouquets fleurir des myosotis,
Celle que vous portiez, ma grand' mère inconnue,
Dont un portrait gardé dit la grâce menue
Des boucles encadrant votre front virginal,
Celle que vous portiez à votre premier bal.

Une rose au fichu, des souliers de prunelle,
Le teint tout animé du plaisir d'être belle,
Vous captiviez les cœurs, lorsque dans les salons,
Vos petits pieds chaussés de mules sans talons,

Vous dansiez la polka, la redowa très lente,
Car on vous défendait la valse trop ardente
Qui vous eût décoiffée, ingénue aux grands jeux
Qui fetiez en dansant vos seize ans radieux !

Et pourtant... une larme a, sur la mousseline
Fait un tout petit rond, là, près de la poitrine,
Sur le linon brodé qui cachait votre sein. .
Pour la dissimuler, vous avez, de la main,
Changé le pli marqué de votre fin corsage,
Puis, vous avez repris votre petit air sage:
Quel est donc le chagrin qui vous fit soupirer?
Et pourquoi, ce soir-là, vos yeux ont-ils pleuré?

Petite larme ronde, ô perle évaporée,
Chagrin léger d'un soir, la mousseline ocrée
A gardé votre empreinte. Au cœur qui vous pleura
La mort a mis son sceau depuis longtemps déjà,
Et je n'ai jamais su, mon aïeule rieuse,
Quelle ombre fit un soir, dans votre vie heureuse,
Un fol espoir déçu, un bonheur différé...
Je sais que, ce soir-là, vos beaux yeux on pleuré...

**Et de toute la joie et la tristesse écloses
Pendant un soir de bal à vos lèvres de roses,**

Il ne me reste rien, qu'un portrait effacé,
Et qu'un peu de linon par votre main froissé :
Pour le chagrin léger qu'à peine je devine
Dans votre cher passé, mon aïeule aux beaux yeux
Qui fetiez en dansant vos printemps radieux,
Je veux mettre ce soir la robe en mousseline...

TABLE

Imp. JOUVE et Cie, 15, rue Racine, Paris. — 6576-25

LIBRAIRIE JOUVE

FRÉDÉRIC PLESSIS
La Couronne de lierre. . . . . 5 »

Cн. GRANDMOUGIN
Dernières Promenades. . . . . 3 »

LOUIS DE LAUNAY
Orphée . . . . 5 »

ERNEST PRÉVOST
Poèmes de Tendresse 3,50
L'Ame Inclinée. 3,50
Le Livre de l'immortelle amie . . . . 6 »

HENRI RENARD
Les Odes d'Horace. Traduction en vers français. . . 4,50

J. HERTER-EYMOND
Intimités. 5 »

HENRY BERTON
Le Cœur effeuillé. . . . . 5 »

FRANCIS HERMANS
Prière de Sang et d'Allégresse. . . . . 5 »

AUGUSTE JEHAN
Méditations versaillaises. . . . . 5 »

GEORGES DESSOUDEIX
La Corbeille des soirs . . . . 6 »

GEORGES DROUX
Lumière. . . . . 5 »

ÉLÉONOR DAUBRÉE
La Terre des ancêtres . . . . 5 »

MARIE-LOUISE VIGNON
Ciels clairs de France 3,50

THUAL
En Péniche. . . . . 6 »